2021
The Art
Exhibition
Of
Chiayi City

桃城美展

第 25 屆

市長序

　　嘉義市建城 300 餘年、歷史悠久，擁有豐富的人文底蘊。尤其美術發展軌跡從清朝到日治，百年來為嘉義的藝術文化奠下紮實基礎，因繪畫風氣鼎盛，藝術人才輩出，更有「嘉義畫都」美譽，在藝術前輩的努力耕耘下，才能厚植深耕嘉義的藝術種子。

　　本（25）屆桃城美展，共有 238 名藝術創作者參賽，經過嚴謹的評選，選出各類首獎、優選、入選等獎項計 63 件。得獎者中有創作豐沛的資深藝術家及嶄露頭角的新銳創作者，有些甚至還在就學，最年輕的入圍者僅 92 年次，年紀最長的為 38 年次，可見桃城美展已經在國內深具知名度，是各界爭相發表藝術創作的平台，在國內極具藝術地位。

　　玉山獎得獎人郭雅倢《鯨落》，鯨魚的生命結束後，軀體將沉入海底，成為上百種生物生存數十年至上百年的養分來源，稱之為「鯨落（Whale fall）」，意謂生之盡頭，亦是生之開始，為匠心獨具之傑作。丁奇獎張倍源，得獎作品《青蓮居士詩二首》書法作品特色結合漢隸與摩崖造像文字，並以長鋒羊毫書之，試表現厚實樸拙的風格，彰顯大器，故能奪魁。

　　澄波獎得主黃奎竣作品《殞落》描繪的主題是人性的醜陋面，加入了科幻風格後讓原本敘事的事件，有更加強烈的戲劇性，作品敘事的內容是在社會體制中，上層的人總是打壓著下層的人，上層的人如同魔鬼一般的帶著輕視的神情望著下方，而下層的人以堆積的骷髏展現出對體制的絕望。梅嶺獎得獎人鄭羽函《慾望系列》畫作，創作的靈感，從過往不堪記憶中的傷痛找到隙縫，進入內心深處的庇護所，回憶那些在親密關係中的矛盾，意識自我的內心慾望，經由創作來正視心理問題所在，並進行反思。

　　桃城美展向全國徵件以來，為國內重要的比賽平台，除帶動各地藝術面貌的匯集交流，也為「嘉義畫都」的推動累積了不少的能量。敏惠由衷感謝來自全國各地的藝術工作者共襄盛舉，期望透過專輯付梓，讓嘉義的藝術能量為世界所看見。

嘉義市市長 黃敏惠 謹誌

110年9月

目 錄
Contents

2021
The Art
Exhibition
Of
Chiayi City

評審委員

李振明 **相對祈願**

102×104cm　水墨紙本　2021

透過自我切身體驗反芻的映射，個人嘗試從平凡中，重新深
入審視、反思具有本土情感之台灣生活環境。用時而感懷，
時而暗寓或反諷的手法，來解釋我們的社會現象。

林昌德
九曲峽谷

122×61cm
墨彩紙本
2020

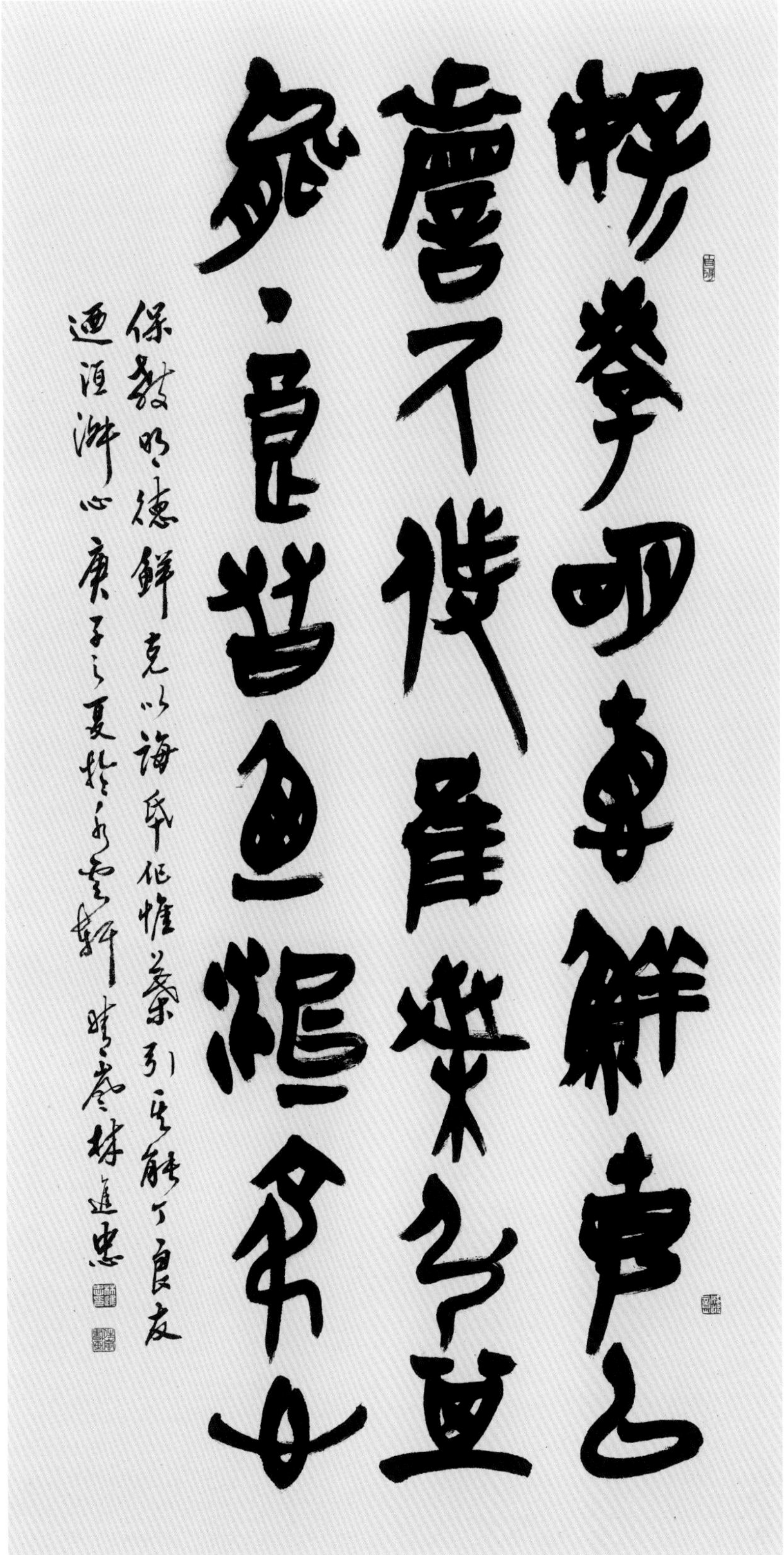

林進忠
保教明德

140×70cm
墨、硃砂
2020

師法古籀篆書趣韻。

日月燈明佛眉間放光傳送了
貼圖影片：

洪根深
佛說

116×91cm
壓克力、水墨
2014

張穆希
行草五言聯

180×45cm×2
墨、硃砂
2020

見落花幾點
聽啼鳥數聲

黃宗義　草書《諸相非相》

64×66cm　墨、硃砂　2020

語出《金剛經》：「凡所有相皆是虛妄，若見諸相非相，即見如來。」2020年初，新冠疫疾爆發，快速蔓延全球，人心慌亂。幽居避疫期間，以極簡草書，定、靜、安、慮、平和心態處之。

楊嚴囊　墾丁白榕

91×116.8cm　複合媒材　2019

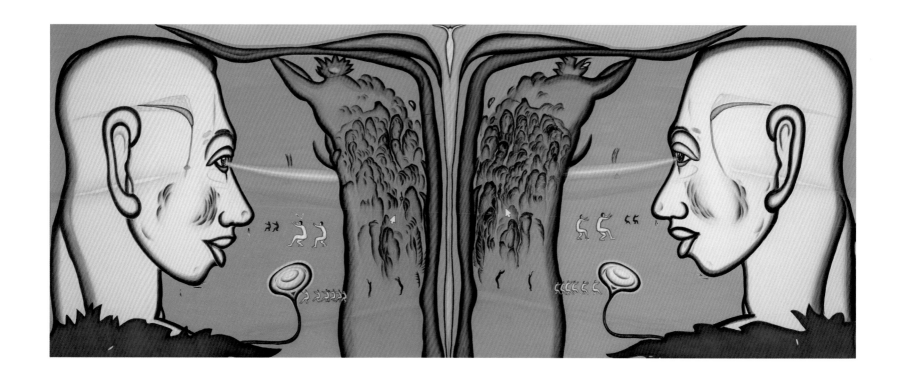

鄭建昌　第三眼

182×454cm　油彩　2021

關懷土地上人與社會、人和大自然能量之契動，著力探索個體與社會群體關係，
人與大自然、與心靈世界的相應波動。
創作上，以單純色彩展現樸拙力量，運用塗量手法掌握厚重完形，並以自然能量
的大與個人的渺小之對比，表達人類的微小、與對無限力量的悸動與崇敬。
作品「第三眼」，藉由鏡射方式將原本封閉的空間做更寬闊的開展，穿越時空的
靈眼，凝視個體與群體對話，而現在和過去與未來的靈魂相映穿梭裊繞。

蔡獻友
古蜓圖 -1

91×72.5cm
複合媒材
2019

「在林間，一群翩然飛舞的
蜻蜓，將我的思緒帶回了遙
遠的古生代，它以一場至今
不能完全解釋清楚的進化拉
開了野性自然的序幕。《蜻
蜓圖》是古始生命的存在與
表徵，是生物歷經緩慢而持
續的適應環境歷程中所演化
而成的生命型態；是具備極
其優美、奇妙無窮的形體。
蜻蜓形象與植物形象相互轉
換且合一，共同引領回歸牠
們的歷史原點，展現大自然
中的理型。

蘇旺伸　空地

195×195cm　油彩　2012

2021
The Art
Exhibition
Of
Chiayi City

書畫類

『書法類』評審感言

林進忠

今年第 25 屆桃城美展書畫類的書法作品送件踴躍，也都有相當高的水準表現。評選工作由黃宗義、張穆希與本人共三位擔任評審委員，初審先看送件圖片資料圈選，概以委員各自擇優選取半數後合計票數方式，再經逐次圈選統計，依件數限定得出入圍者；複審看作品原作確認入選者計十二件，經數回逐次縮減再三擇選評比，得出前三名獲獎作品。本屆獲選展出諸作，整體上書體書風趣韻多方，筆墨形質巧能卓善，情性怡然而自得風神，皆有可賞。

第一名丁奇獎─張倍源《青蓮居士詩二首》隸書六條連屏，取資漢代隸法融參摩崖造像文字筆意，結體欹正氣貫而能活化筆情墨韻，在造形布陳上自得新構，表現厚實樸拙風神。優選─黃程瑋《陸游醉後草書歌詩戲作》草書七條連屏，行列開合與墨量輕重相互應合，著意於規整中求取變化，傳承經典法要而自出機杼。優選─施博獻《宿府（杜甫）》行草大中堂，結體通化勢暢自如，使筆運墨靈巧悠宜，卓出蕭散逸氣。入選九件諸作書體多方亦皆佳構。作篆得法而婉通樸厚，氣象駿邁。隸體法勢穩健而自得閒雅。行草書皆於行脈開合與墨量線質展現變化趣韻，各具生氣風神。正書印篆均得凝整沈著質韻，可見形質揮運功夫巧能。

書法是東方文化藝術的卓越傳統，書寫文字自有美感天性，點畫線條承轉氣勢變化豐富，筆墨質韻悠長而情性暢達，是構成文化氣脈馳騁表現的心畫藝術。當代書法本於藝術本質追求融合出新的傳承再揚，跨越碑帖書體與流尚風格的界籬，呈現出一脈相傳而又各有所長的傳承精神，自有時代性的異趣神采，表現出當代書法藝術豐美萬華的風韻；而書家創作的理念情性亦復各具內涵與風格特色，呈現的正是透過書寫文字表現畫面造形構成的一種視覺藝術創作。

▼水墨類◢ 評審感言

嘉義—曾經的文化舊城諸羅、桃城，一直以來文風鼎盛，藝術風氣活絡，人民審美氛圍濃厚，故有美街藝事。在此誕生過台灣美術發展史上極為重要的藝術家，如西畫類的陳澄波，書畫類的陳丁奇、林玉山等，皆曾熱衷藝術創作，成就斐然，參與厚實建構了台灣美術史，留下美麗印記。因此桃城美展所設的首獎獎項，乃以紀念這些前輩藝術家的成就來作命名。那美好的歷史記憶於今依然亮眼，由嘉義市政府文化局策劃辦理的桃城美術展覽會，今年已經是第 25 屆了。在地的文化藝術工作者，盡心盡力為台灣美術活動的推展，累積了豐碩的成果。全台灣的年輕藝術工作者，也熱衷參與此藝術切磋較勁平台，藉此契機，在追求藝術的道路上，展現各自的長才也考驗自我的努力績效，這些確實頗值得加以讚許與嘉勉。

本屆桃城美展書畫類初審送件 94 件，評審委員分書法、水墨兩組，經過創作資料與作品圖片初審的檢驗，再經實體作品送件到文化局現場的複審。在兩階段好幾個回合不斷的篩選過程中，評審委員們審慎的討論票決，最後入選獲獎的水墨作品總計 19 件。首獎玉山獎一名，獲獎者郭雅倢；優選獎三名，獲選者是徐祖寬、呂如笙和張世綸，恭喜他們的獲獎。

書畫類水墨首獎郭雅倢作品《鯨落》，畫幅相當巨大顯得氣勢懾人，整件作品創作者以精湛的工序和技法，透過巧妙的構圖佈局，藉由工筆精細描繪的作法，在絹本之上用心勾繪出一齣動人心魄的海底生態劇場。敘述著大自然界，美麗生命的更迭與交替，畫幅中那巨大身軀鯨魚的逝去，雖是生命的殞落，卻換來另一場更多生命的璀璨，環繞鯨落軀體的濟濟魚群，生機活力的展現，不正象徵著大自然生生不息，永續循環的奇妙繁衍旅程。

優選獎之一徐祖寬作品《麒麟路》在橫長畫幅中，透過詼諧的手法，用東方水墨的媒材，創作此一錯置混搭的當代繪畫作品，台語稱呼長頸鹿為麒麟鹿，徐祖寬借黃色格狀迷宮般的蜿蜒迴繞，暗寓「麒麟路」既使路不轉人轉，恐怕也因人性的過度執著，總是偏愛自忖臆想，而難以峰迴路轉走出困境。呂如笙作品《MAMA》，運用創作者一貫的綿密線條交織構成手法，將傳統水墨的「台閣界畫」，做了另一翻覆的詮釋。虛實交錯的空間形成魔幻般的情境，身處其間歇坐的 MAMA 顯得絲絲的無奈。在新冠肺炎疫情不斷反覆飆升演變的當下，更是讓人在恐慌中引發一波波的聯想，此作確實頗發人省思。張世綸作品《飄躍》，創作者以東方水墨的人文涵蘊為體，西方繪畫複合媒材為用，來描繪現實生活中的故鄉土地。記錄生命心靈裡時空變化的世事無常，滄海桑田的飄渺印象，創作者應用反覆染洗的技法，在油畫布上藉著稀釋溶劑的暈搨擦刷。以不同於傳統水墨加法書寫的手法，改轉換用減法抹除的另類方式創作，提供當代水墨領域，另外一方他者的可能性。

桃城美術展覽會的舉辦，讓平日默默埋首創作的藝術愛好工作者，得以嶄露頭角，也讓社會大眾關注到他們的辛勤耕耘並予以肯定，對於提升藝術風氣，具有積極的社會意義。因為藝術工作本就是一件須要長期投入，方得以顯現其成果的理想實踐，築夢踏實並非一蹴可幾的，希望年輕的藝術工作者能夠堅持理想，一路向前不斷繼續精進。

張倍源《青蓮居士詩二首》得獎感言

　　首先要感謝嘉義市政府文化局提供舞台，讓藝術工作者有發表作品的機會。其次要感謝指導過我的書法、篆刻和水墨老師，因為您的細心指導，才能讓我優游在筆墨創作的世界中。另外要向明道大學國學所陳維德教授和李郁周教授致謝，在我就學期間，他們帶領我進入古人的書法理論，厚實我書法創作的根基，也寬廣了我的書法眼界。

　　記得 30 年前剛接觸書法時，同事很熱心地提供他的學習資料，這是陳丁奇老師親手寫的教材，印象中字寫得非常蒼勁，但初學的我，不知丁奇先生在書法上的造詣，也就當成參考資料，擱在書架上。隨著書學的投入，觀賞過丁奇先生的書法展，閱讀過丁奇先生的書論，才體會到丁奇先生是讓後輩景仰和學習的書壇典範，可惜的是，我也錯失了能拜入丁奇先生門下的機會，深感遺憾。慶幸的是這次參賽的作品，能榮獲「丁奇獎」這份殊榮，感覺上似乎也成了丁奇先生的學生，這要非常感謝評審老師對我作品的肯定，圓了我這個夢想。

　　近年在書法隸楷的學習上，對於隸書過渡到楷書似楷似隸的不成熟書體，較為留意。如廣武將軍碑或姚伯多兄弟造像記，所呈現出來的無規則的造型畫面，散發出的稚拙藝術氣息，是我臨創的對象，因此，這「無規則」字型，也提供了我在書法創作中變化的材料。但是，書法最耐人尋味，有別於其他藝術，是透過毛筆書寫出來的線條，它要能柔中帶剛，剛中見柔，剛柔互濟的陰陽之道。學習過程中，常提醒自己，知變化，更要留意線條的生命力。

　　最後，要感謝我的家人，做我堅強的後盾，讓我無憂的投入在書法世界中，謝謝你們！

張倍源　青蓮居士詩二首

200×45cm×6　墨、硃砂　2021

結合漢隸與摩崖造像文字，並以長鋒羊毫書之，試表現厚實樸拙的風格。

郭雅倢《鯨落》得獎感言

清治時期，因城形如桃，嘉義故名桃城；又日治時期，嘉義地區文化活動興盛，尤繪畫領域人才濟濟，而有「畫都」美稱。就讀嘉義大學視覺藝術學系的時期，每次送畫到裱畫店林立的嘉義美街，聽著老闆講述前輩巨人昔日的身影，充滿著聽書人的驚喜；先人非凡的成就令人敬佩嚮往，同時也激勵了學生時代的我努力奮發，如今雖多居住在北部，但獲得桃城美展玉山獎的肯定時，回憶中的嘉義風情與文藝景觀頓時湧現。

撫今追昔，往事歷歷在目，十多年的創作過程胼手胝足，如果沒有當時在嘉義的努力，作品也無法累積發展至今，人們常把大學時期生活的地方是為自己的第二故鄉，我也不例外，無論是畫技、處事、生活，嘉義都是培育我一切基礎的美好所在，接獲通知的下午，感動的熱淚盈眶，淚眼中彷彿看見當時嘉義下午鳳梨田，灑落大地的一片金黃。

本次獲獎作品「鯨落」，指的是自然界的生命循環現象。美國詩人 Gary Snyder 在其著作《禪定荒野》中寫到：「鯨落海底，哺育暗界眾生十五年。」鯨魚的生命結束後，軀體將沉入海底，成為上百種生物生存數十年至上百年的養分來源，稱之為「鯨落（Whale fall）」。

生之盡頭，亦是生之開始，我以絹本來詮釋此生死並置的主題：畫面上方漂浮的巨大鯨骨，以墨、礦物顏料、黑箔經營多層次的黑，與周圍多彩又富生命力的海洋生物形成對比；黏著於鯨骨上的殘肉，以各種土繪具與朱色進行描繪；除了顏料的分染與罩染，亦使用貼箔技法，貼以銀箔、黑箔與玉蟲箔，希望充分表現生命的絢爛。

180x300 公分之尺幅，創作起來非常的過癮，能夠繼續走在創作的道路上，真的十分幸福。感謝第二故鄉嘉義的栽培、感謝身邊親友長期的支持、感謝評審委員們的青睞，真的非常謝謝大家，讓我能夠肯定自己的堅持與成長。

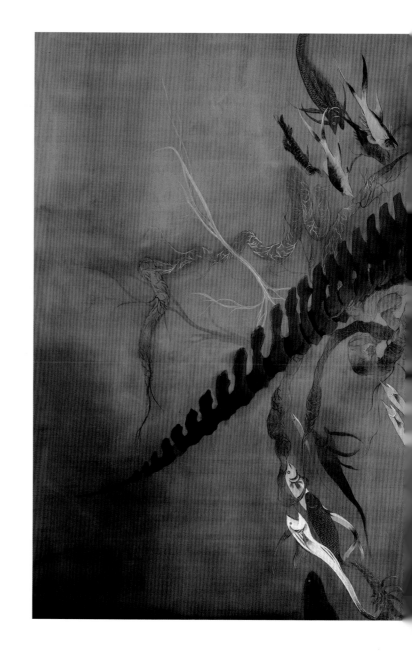

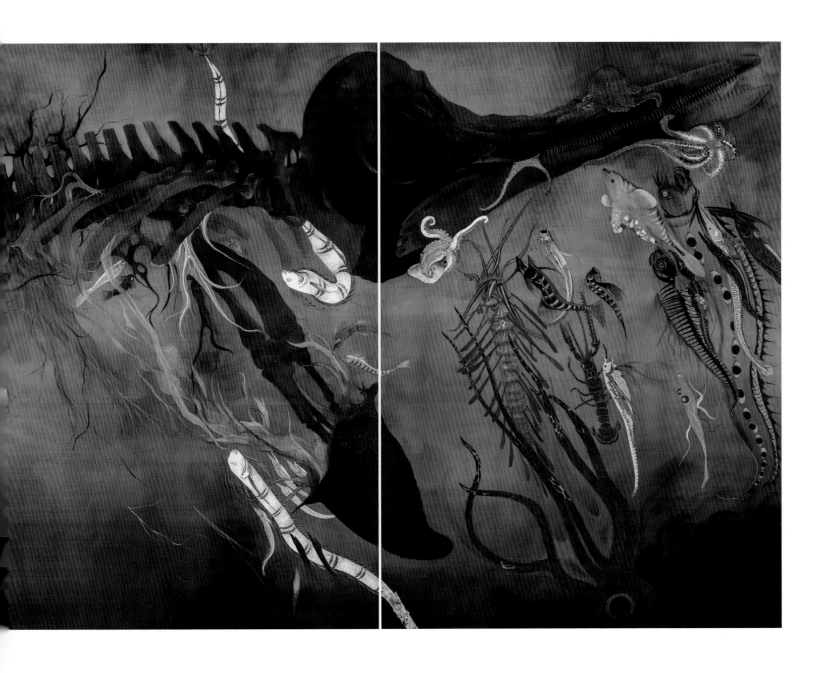

郭雅倢　鯨落

140×120cm×3　墨、箔、礦物顏料　2021

美國詩人 Gary Snyder 在其著作《禪定荒野》中寫到：「鯨落海底，哺育暗界眾生十五年。」
鯨魚的生命結束後，軀體將沉入海底，成為上百種生物生存數十年至上百年的養分來源，稱之為
「鯨落（Whale fall）。」
生之盡頭，亦是生之開始，我以絹本來詮釋此生死並置的主題：畫面上方漂浮的巨大鯨骨，以墨、
礦物顏料、黑箔經營多層次的黑，與周圍多彩又富生命力的海洋生物形成對比；亦使用貼銀箔、
玉蟲箔等多種箔類的貼箔技法，以表現生命絢爛。

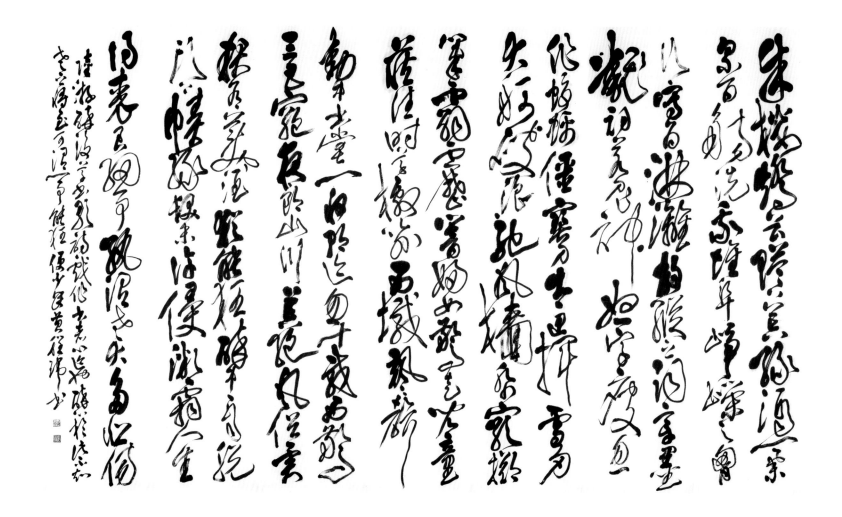

黃程瑋　陸游醉後草書歌詩戲作

180×43.5cm×7　墨、硃砂　2021

釋文：朱樓矯首隘八荒，綠酒一舉累百觴，洗我堆阜崢嶸之胸次，寫為淋漓放縱之詞章。墨翻初若鬼神怒，字瘦忽作蛟螭僵。寶刀出匣輝雪刃，大阿破浪馳風檣。紙窮擲筆霹靂響，婦女驚走兒童藏。往時草檄喻西域，颯颯聲動中書堂。一收朝跡忽十載，西驚三巴窮夜郎。山川荒絕風俗異，賴有美酒猶能狂。醉中自脫頭上幘，綠髮未許侵微霜。人生得喪良細事，孰謂老大多悲傷。
落款釋文：陸游醉後著書歌詩戲作，書者心跡也，醉心於此，不知老之將至，可謂一能狂便少年，黃程瑋書。鈐印：小黃瓜痕《朱文》阿偉之璽。
創作理念：試以墨跡書心跡。

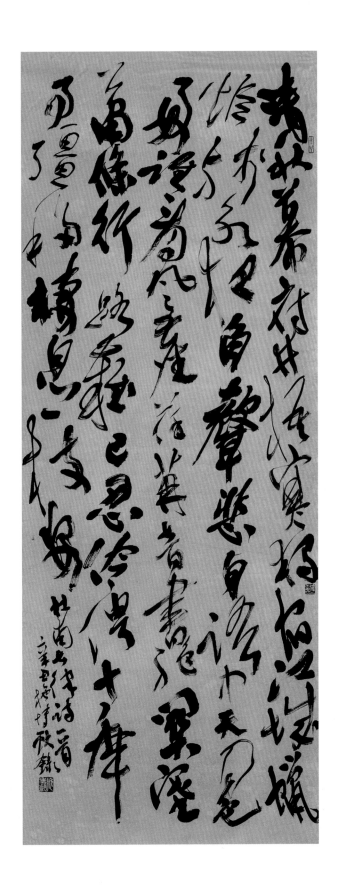

施博獻
杜甫《宿府》

230×91cm
墨、硃砂
2021

字如其人，也就是心性的表現，
體悟書法與自然界的關係轉而內
化成自我的創作理念。

張世綸　飄躍

112×162cm　水墨、石膏、樹脂、水性漆　2019

描繪現實生活的故鄉母土，融注個人情感意識的內化，昇華作內在心象的映現。從在地原
鄉－曾文溪流域的景致，到內在心靈土地的造境。臨對創作，在生命狀態的運作中進行對
鄉愁情結的消融，不黏著時空變換的世事無常、滄海桑田；而是生命流動場域裡不因物喜，
不以己悲，內在心靈的從容與坦然，如風遊虛空，所行無障礙。
以東方水墨的人文含蘊為體，西畫複合媒材為用。在筆墨加法的漬染堆疊與減法洗墨的交
叉運用中，藉由物種形象的抽離及視覺形式的純化，見傳於東方圓而神的藝術精神張力。

徐祖寬　**麒麟路**

178×118cm×2　水墨　2021

麒麟乃傳說神獸，擁有格狀的鱗片及鹿角，東方探險家來到非洲，聽聞長頸鹿
具有上述特徵，認為此獸就是麒麟，於是前往草原尋找，欲將此獸捉捕回國。
但眾人沒有見到麒麟，卻受困在黃色的、格狀的迷宮之中。
是長頸鹿的脖子真的太長？還是人們容易深陷自己的臆想？

呂如笙
MAMA

173×90cm
水墨、水彩
2020

在一個午後，她，獨自處於未知的角落。
等待著某人某事某個片刻。
漫遊者，以第三者的視點觀看著這個城市。
在那個空間與未知相遇、與人相遇。
她，靜靜的坐在那。
交織著現代感的憂愁。
轉身，繼續步行著⋯⋯

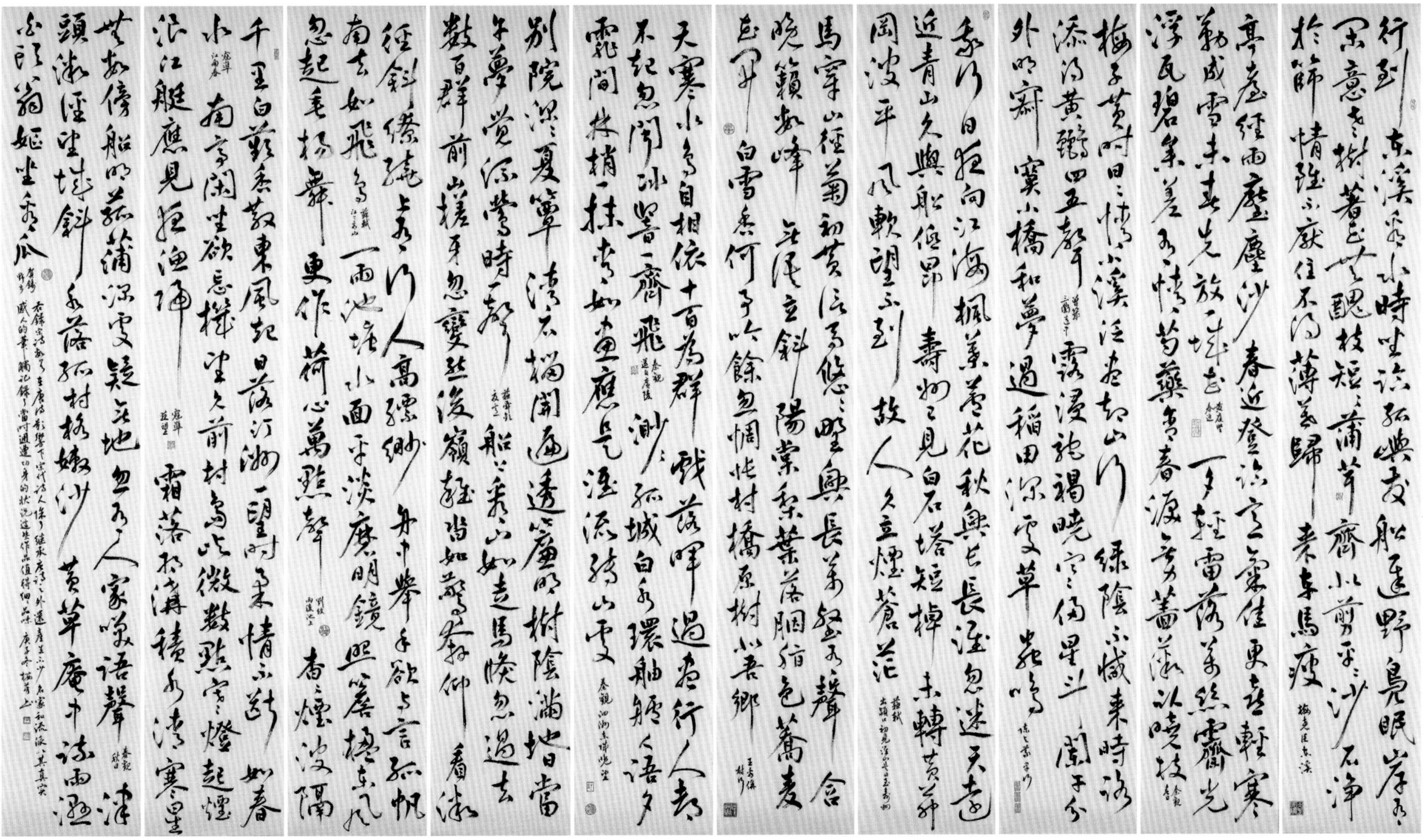

翁櫻芳　宋詩選抄

180×31cm×10　墨、硃砂　2021

以行草書字體選抄宋詩，略參溥心畬筆意，用較明快的節奏書寫，追求字裡行間的韻律感。

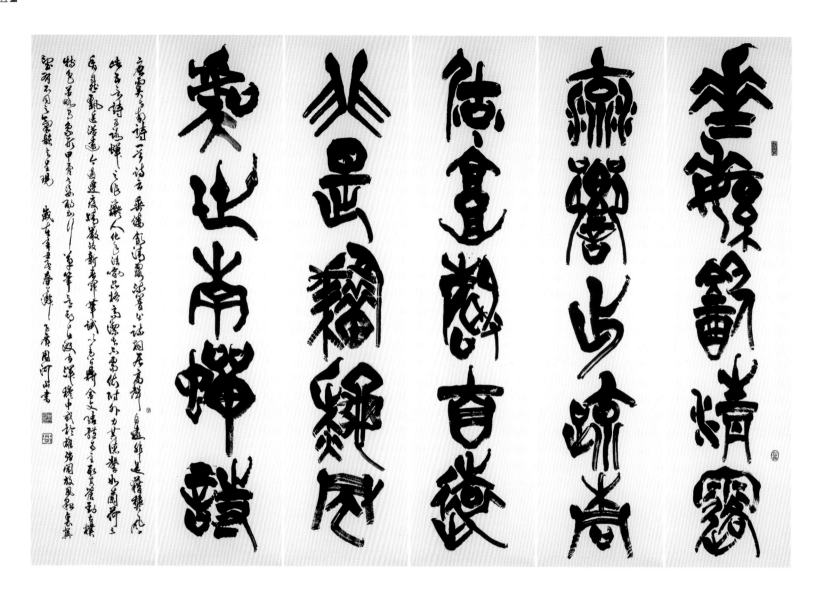

周河山　虞世南蟬詩一首

180×44.5cm×6　墨、硃砂　2021

試以國之重器「毛公鼎」銘文結體為主，加上石鼓文遒勁凝重的風格，篆虞世南五言絕句《蟬》詩一首，用筆期能夠於傳統鐘鼎金文蒼勁古拙中汲古出新。「汲古」，多年浸淫於古文字自得其樂，書其厚、重、圓、潤、削、挺特點，久而久之猶如其詩所云：「垂緌飲清露」。「出新」則期盼以軟性毛筆逆筆推送，部份線條營造出如篆刻沖刀、單刀之契筆蒼茫風貌。結體除融入甲骨文象形外，略加行草飛白自然靈動的筆趣及姿態。欲於渾穆大篆體之中開創出奇逸跌宕的意趣，於實體中有著抽象，豪放中透著婉約靈動氣韻耳。揮椽灑墨或可得到如蟬之共鳴而「流響出疏桐」，以此自勉之。

葉修宏
節左太沖詠史詩

180×96cm
墨、硃砂
2021

嘗試以長鋒柔豪做大字隸
書，融合所臨習過的隸書，
化為己用，並試圖表現出筆
軟則奇怪生焉之視覺效果。

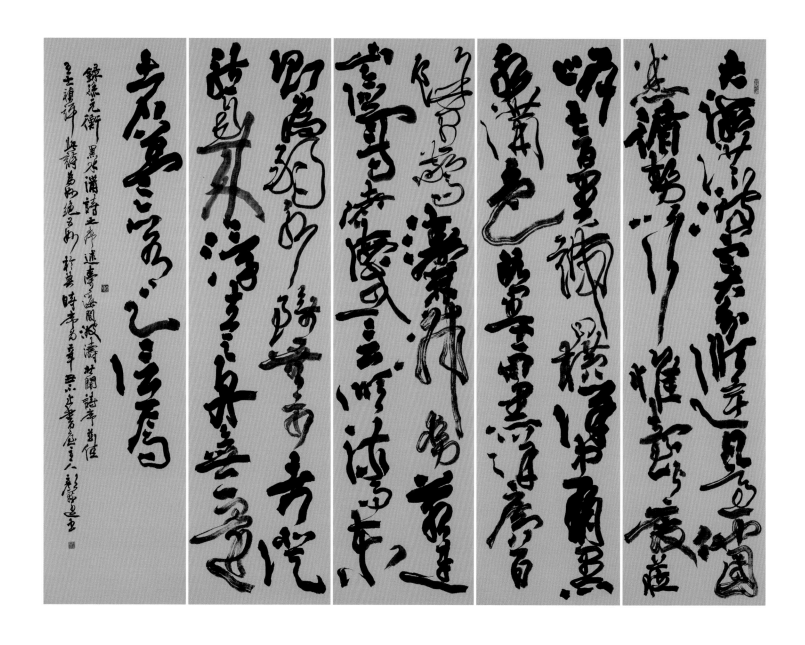

顏毓廷　孫元衡《黑水溝詩之序》

180×47cm×5　墨、硃砂　2021

以厚實筆觸為主體寫大草，與描寫臺海間壯闊的黑水溝詩之序搭配。雖厚實為主，
然亦玩味拙巧之間的反差之趣與平衡，並留意墨色與筆趣，以期有沉著痛快之觀感。

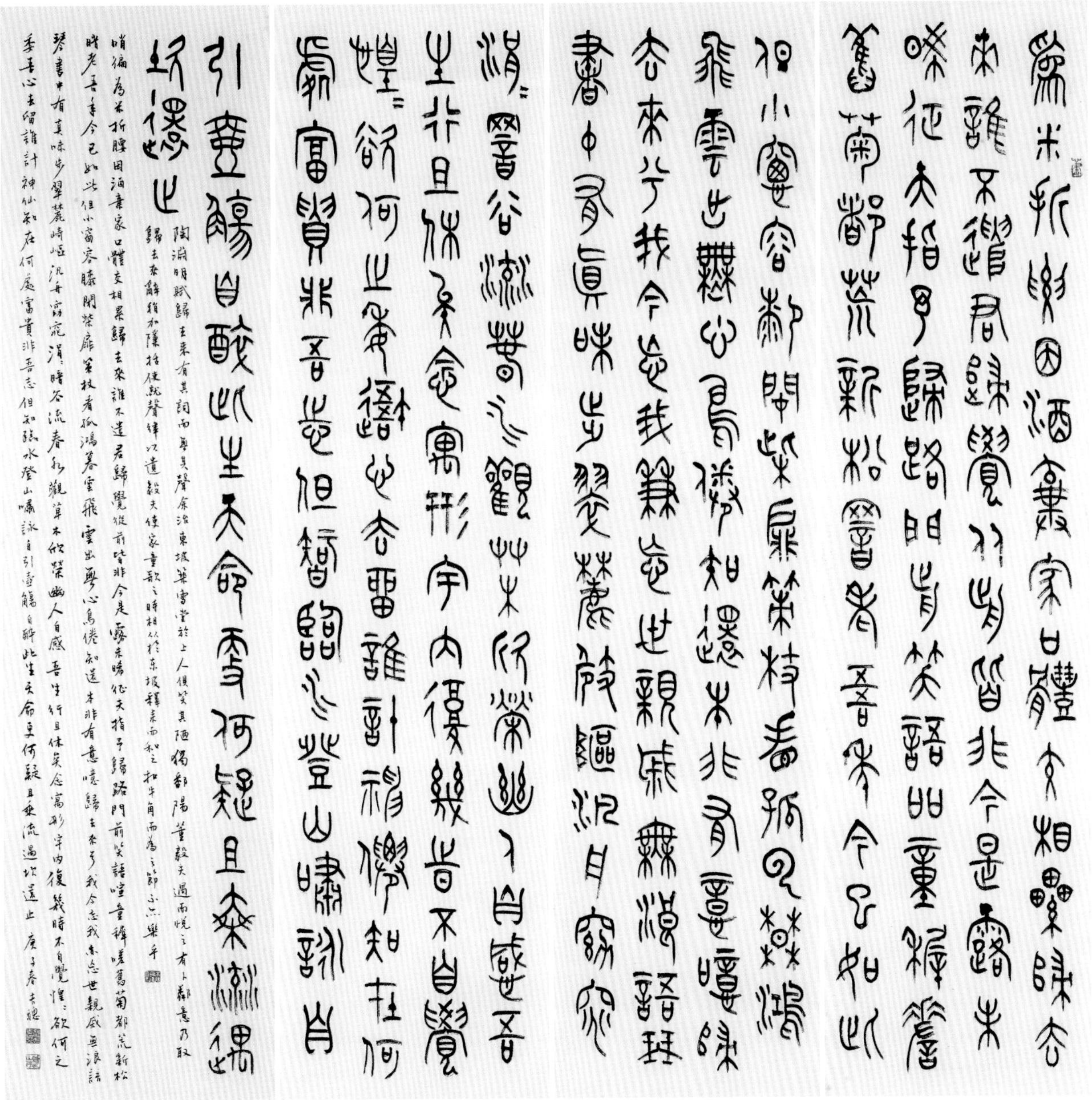

姚吉聰　蘇軾《啁遍》

135×34cm×4　墨、硃砂　2020

「求篆甲金，期能汲古生新；隨字大小，盼得自然風致；濃枯疾澀，願生節奏韻律；齊莊中正，勉於君子之風。」

鄭仕杰　雪浪石

215×47cm×6　墨、硃砂　2021

以羊毫書大字連綿行草，試以渾厚的線條來表現。

劉建伯
孫逖《宿雲門寺閣》

210×90cm
墨、硃砂
2020

以傾斜、大小、纏繞、翻滾、明快
的效果，不囿於細節，呈現不同的
線條趣味及風格，在古典與新意間
尋求方向。

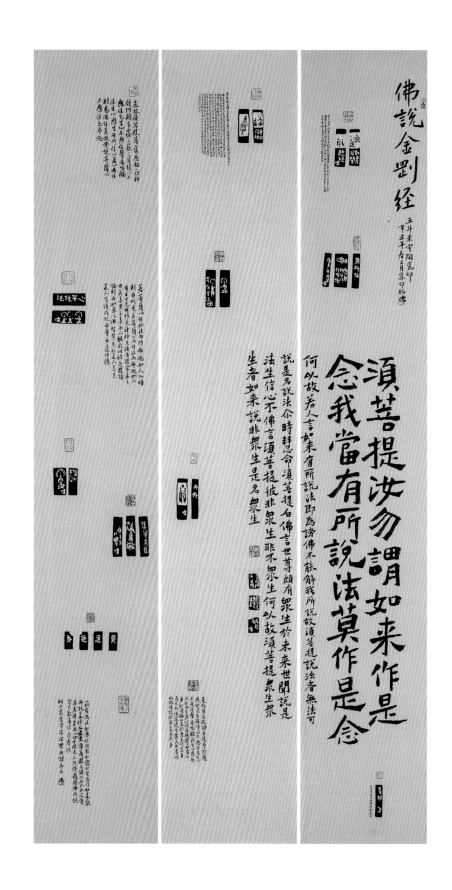

林儒
佛說金剛經—
五斗米室陶瓷印

170×30cm×3
陶瓷印
2019-2021

以金剛經章句作為創作內容，以陶瓷印作為印材，將書法與篆刻結合並以聯屏做為表現方式，探索篆刻創作的方向。

劉廣毅　東坡有美堂暴雨詩

220×43cm×8　墨、硃砂　2021

試以大篆輔小篆筆意書之。

曾冠樺　晝夜

112×146cm　膠彩、墨　2021

歲月總是讓人神傷，如果晝夜能逆轉，時光能倒流，人生會不會比較快活？回首望著這
一千五百多個日子？有掙扎、有逃避、也有徒然與荒唐，眾多回憶濃縮成一團塊，時而癱
軟、時而顫動，蜷縮於一隅，扎根在心頭。有時只是被自己當下的執念束縛，當心境逐漸
移轉，當有一天我變成自己回憶的觀眾，那些荒唐的歲月彷彿成為一道風景，那些不堪回
首的回憶竟能品出苦澀中的甜味，歲月如此神奇，晝夜依然連綿，不禁感到自己的渺小。

龔名俐
老日子

131×95cm
墨、複合媒材
2020

有風的傍晚歌聲輕輕唱
起，迎著風的方向追尋你
的溫度，思念在山間水邊
流淌，小時光散落絢爛的
光影，變成了舊日子。
記憶中的最後一場慶典，
我舔著糖葫蘆踩著歡樂的
樂聲慢慢走回家。視覺隱
喻圖像的記憶穿梭，不知
覺花落了……寒雨紛飛無
聲飄落，再回首輕舟已經
遠離。

王秋香
蝶夢

175.5×95cm
水墨、多媒材
2021

Butterfly Dream
敘述一場仲夏夜之夢,月光
下的人,繽紛迷離的花朵,
透著月光飛舞或停靠的蝴
蝶,宛若莊周之蝶夢。
為顯示夜之暗鬱,又有繽紛
的色彩飽和度,使用不透明
色彩層層堆疊構成畫面厚重
的效果,再以白色線條勾勒,
創造出花朵的透明迷離,表
達夢幻虛實難分,不知身是
客的意境。

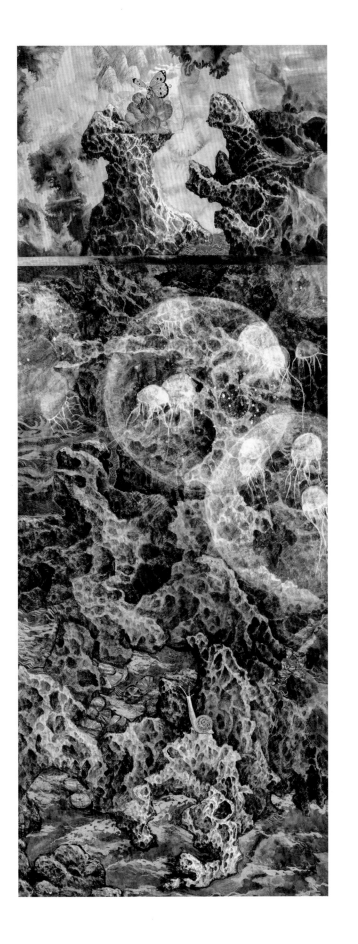

黃淑繁
心靈的烏托邦（一）

182×69cm
水墨
2021

時序更迭、歲月悠悠，追尋心中的
烏托邦、心中的桃花源，它在海
之崖、山之巔；飄渺於迷茫之間，
我仰望、企盼有天能達夢之地。

劉碧娟
凌逍

214×96cm×2
墨彩
2020

近期完成的大作品，是由兩張
特開所組合；於新冠狀病毒疫
情期間，深深感受整個宇宙是
共同體，祈求疫情快結束。作
品中有宇宙星球萬物充滿的能
量，歲月流轉、能量流動、無
限愛的能量，於無限的宇宙
中穿梭、流轉。是宇宙充滿祝
福，愛的無限能量。
作品中黃光（金色彩）代表陽
光、祝福、和平、希望和美好。
作品中是宇宙運轉、能量流
動、時空消逝，金色如葉流
轉，代表歲月輪轉。使用金色
葉子和整張作品中濃淡形狀各
異的各種葉子連結，葉子使用
許許多多所營造出如千變萬化
的萬物，除了筆外，葉子也是
畫筆，呈現不同變化奇特的筆
觸出現各種驚喜於作品中。

郭天中
情誼

180×111cm
水墨
2021

此件作品主要描寫幼小
的獼猴與白鴿的互動,兩
種不同類別的動物,彼此
相互依偎產生的情誼,以
寫實的方式將兩者生動
的表情描繪出來,背後山
景部份用寫意表現,主題
重心放在畫面上半部,以
半工半寫的方式呈現。左
右兩側以水拓技表達,將
要表達的文字內容以小
楷行書書寫,讓整幅作品
更具變化及趣味,畫出和
傳統水墨不同的風情。

康興隆
七面鳥（火雞）

155×98.5cm
絹本墨彩
2021

嘉義聞名火雞飯卻很少看
到飼養火雞的地方，火雞
又名七面鳥或吐綬雞，體
型可長到十公斤以上比一
般的雞還大，可說是雞中
的霸王。雄雞會開屏，展
現健康強壯也是追求異性
的方法。它的頭上沒有孔
雀那高雅的「貴冠」，不
僅禿頂，牠光光的脖子上
還長著一串紅色的肉瘤，
雖然長得醜了點，不過那
樣子讓人感覺還是挺可愛
的！

葉千豪
田園生活

178×95cm
水墨
2020

愜意慢活的田園生活是現
代人冀望的生活方式,看
那鄉間的鵝在香蕉樹下恣
意休憩,慵懶地享受鄉野
生活。似乎是提醒人們,
只要願意放下手邊工作,
停下腳步,多張眼留意四
周的美景,即可忘卻煩憂,
隨時隨地都可以是充滿悠
閒氛圍的美好時光。

許裴辰
平安

140×70cm
水墨
2021

以家鄉的廟宇為主題，以
石碑為底，石獅子與門神
在廟宇門口都時常出現，
是看守門戶的吉祥物，牠
們不分日夜地守候著來往
的信徒，夜晚的燈籠有如
天空中太陽，燈籠上帶著
人們祈福的語句，祈求光
明、祈求平安順利，希望
能帶給大家偌大的希望，
就像是炫目的陽光一樣。

桂香木
冠狀世代－我們的世界

180×120cm
複合媒材
2020

2020 至今以來，世界因疫情造成全球社交疏離人心極度不安，尤其年輕世代遭遇前所未見社會、經濟體系改變，社會制度瓦解而形成茫然無所適從的「冠狀世代」。宛如回到原始穴居時代的隔離與對疫情無知的困境恐慌，我們的世界正在寫下 21 世紀瘟疫形成的歷史，筆者深思這樣的世代是否能以科技網路化解艱鉅剛硬的現境迎向未來。以此假借穴居意象，晶片元件等異質元素，營造新的視覺經驗來表達現今社會現象，結合三橫軸由上而下不同表現方式蒙太奇敘事的共鳴。筆者以三階段畫境表現出藝術符號，整體以複合媒材創出立體感之多重視覺表現，以挪用、隱喻呈現 21 世紀冠狀世代徬徨孤獨狀態。「冠狀世代」－我們的世界，也寄寓著作者對目前年輕的一代能戰勝疫情走向光明未來的期許。

劉思含
舊時代新女性

180×90cm
水墨
2020

在 600 多年前左右的東方
國家與西方國家,分別流
行著不同的服裝代表與人
物代表,其中將畫面融合
西方與東方的特色建築融
入,用了不同的手法呈現,
分出東方與西方的不同,
但又毫無違和感,主要是
要做出中西合併的感覺,
想告訴大家不一樣的東西
也是能夠在一起的。

陳錦忠
水族箱樂園

139×69cm
水墨、膠彩顏料
2020

這是一個資訊爆發的網路世代，每一位活在當下的人都不斷想在手機建構的虛擬世界中找尋自己存在的價值，不僅造就了新的閱讀方式，也影響人與人之間的互動、理解與溝通方式，速度變成了資訊傳遞的重點，取代了過去東方文化強調規範性、典範性的知識。這種根本性的變化，造就了資訊傳遞量的大爆發，邊界的模糊化與失去了是非的價值觀。因此，為了彰顯當代東西文化之間的價值差距，觀念衝突與勸人為善的大是非觀念，我的作品以強調古代經典的文學、圖像與符號，並以重新詮釋、挪用、取代等等藝術語彙，企圖傳達出當代臺灣社會價值觀的混亂，與東西交疊的特性。藉由傳統的水墨去傳達這種文化上的矛盾感，作品一開始以最簡單的白描線條，強調線本身的藝術表現，讓出現在畫面中的不同物件，都有專屬於自己的線條建構方式，讓觀者在觀看密密麻麻的造型堆疊中，仍然可清楚的分辨各種不同的圖像，以產生手機使用的相似經驗，每一種可辨識的圖像的閱讀隨機性。

何淑華　夏夜煙火

73×89cm　膠彩　2019

初見「穗花棋盤腳」對它如音符般的律動驚豔不已！於是展開了探尋之旅⋯⋯

前後往返了三次，終於在第四次親見其盛開的面貌。此花卉在黃昏之後才會開花，但卻在日出時就開始謝落。

正值炎熱夏天，筆者第一、二次皆在清晨及白天去拜訪，皆失望而返。原來它要天黑才會開花，卻在日出就開始掉落，因盛開時期短暫俗稱 "夏夜煙火"。雖然很開心能看到其盛開，但卻也感傷它絢爛短暫的生命，為什麼如此可愛的花朵，生命如此短促。尤其是在清晨看到落了滿地的花瓣令人惋惜，然而它繁茂的花苞一個個接著冒出，白天可看到一串串的花苞，垂掛如蓓蕾，圓嘟嘟的非常可愛，花開綻放的時候猶如粉撲一般迷人，線條配上圓圓飽滿的花苞，像是滿天的星星高高掛在星空裡，猶如跳躍音符般迷人。

張簡可筠　心浪・軌

140×41cm×6　絹本設色　2020

在當代繪畫思潮盛行的當下，我選擇跳脫以往水墨畫畫海浪的方式，取代乾擦烘染的畫法是線描勾勒與填彩。以不同大小形狀的色塊與色塊之間的緊密來呈現海的動態與走向。藉由勾勒的線條與墨色的變化去詮釋東方美術的特色之美，試著將呈現東方藝術美感的方式簡化並與當代繪畫思潮結合，創造出蘊含東方美學的當代作品。
「心浪・軌」在同一片海景以超現實的手法描繪日出、日中到月初月落的景象，再藉由畫面分割及色彩的變化來傳達出不同的時間點，從清晨的青墨到日中的茶墨到最後深夜的紫墨，利用顏色所散發出的氛圍把觀者們帶入當下的情境，把二十四個小時的時間濃縮進一幅畫中，希望能讓觀者從畫面中感受到一整天的時間變化。

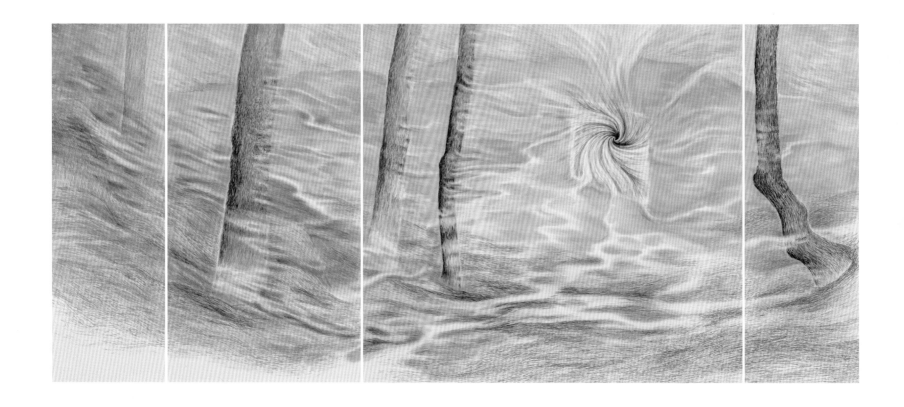

練佳昕　流轉

93×220cm（四連作）　水墨　2020

天體運行自有其道理，此作想法出於感受大自然萬物生生不息伴隨時間循環運轉，
人類亦受時代更替帶來不同的變遷，建立起與自然截然不同的法則，兩者為求得平
衡使之產生一種抗衡的狀態，畫面中以象徵東方生命源頭的太極形象，緩緩流淌生
成自然萬物，同時於象徵人類建構制度的框架中，以此呈現兩者相互抗衡的暗示。

2021
The Art
Exhibition
Of
Chiayi City

西畫類

「西畫類」評審感言

國立嘉義大學視覺藝術系教授 **劉豐榮**

此次參賽的作品來自北中南各縣市,皆各具特色且頗為優秀,故可謂人才輩出,且競爭激烈。評審過程係歷經初、複審兩階段,為求程序之慎重,各階段皆含四次或四次以上之篩選,且為達評審之嚴謹,委員們皆透過適切之角度與周全之規準加以評斷,以審定得獎名單與其順位。

為評述西畫中兩類第一名作品,且期能提供西畫學習者之參考,茲扼要說明其特色如次:

澄波獎第一名黃奎竣先生之作品「殞落」(壓克力顏料,162*120cm):其構成具有完善之設計,形式要素與原理之安排精準而細膩,顯現充分之完整性。個別造形具有隱喻作用,如左上方穿著性感之女人,翹腿坐在微傾之座位上,根據作者創作理念,此乃「如同魔鬼」之有權力者,其附加於女人之動物雙角與黑色翅膀,似乎強化了創作理念中所言之「陷入魔化」,而且坐在王座上正輕視著下方在社會底層者,後者以堆積的骷髏加以表現,象徵正承受著苦難而難以翻身。人物與其底座的輪廓係以明度與彩度對比,形成明確界線,產生突顯與鮮明感;其他則採取類似調和,故其界線模糊且色調變化微弱,產生陰鬱與感傷之氛圍。作者藉色相、明度與彩度之對比與調和,以及漸層與律動等原理,營造出畫中之動勢與靜態相應、主體與客體互補,也隱

喻失望中顯示希望,黑暗中存在光明。同時在質感上能表現各類物象之屬性與畫面肌理之趣味,且展現粗糙到細緻之豐富變化層次。

作者對媒材運用之技巧甚為成熟,一般而言,壓克力顏料在層次表現上較不如油畫之豐富與細膩,因壓克力雖於剛塗上後有暫時的層次感,但待其乾後層次則易消融而弱化,故需具此媒材之相當的知能與經驗方能克服此問題,作者能充分地發揮壓克力之表現力,而呈現厚實、精密而多層調子之效果,可謂難得之作。

作品表現之內容包括前述之隱喻內涵,具有對社會現實之批判精神,作者之創作理念亦顯示此作品旨在表現人性醜陋面,且融入科幻風格而以敘事方式,表達上層者打壓下層者之社會體制,而受到打壓者如同植物的根一樣,是上層者王座的基底。筆者認為此作品應能引發觀賞者感受到貧富貴賤之境遇,進而省思社會競爭機制之合理性,以及公平與公正之必要性,乃至互助互愛與推己及人情操之重要性…等相關議題。

梅嶺獎第一名鄭羽函女士之作品「慾望系列」連作二張(木板、紙凹版畫、壓克力顏料,109*79cm):其主要採用有機造形而非幾何造形,表現兼具三度與二度空間之構成,此兩幅連作皆

以蓮蓬（或蓮房）為主要題材，配合其他抽象或半抽象之豐富造形，彼此銜接、貫穿或重疊。其構成有些來自有意圖之設計，有些則似乎透過造形間之聯想，顯示其能以聚斂式思考與擴散式思考之適當統合，而形成造形與構成上之創造性。

左幅以低明、彩度色系為背景主調，似乎隱喻其深層之意識狀態；此深色背景襯托出中、高明彩度的黃與橙紅之曲扭蓮蓬，以及穿插其間之青（藍）色流動造形，此似乎表現生命正在探索與伸展之動勢。右幅則在深色背景上有較多高明、彩度之自由造形，含豐富色彩與圖樣變化。尤其中央下方有如人物雙腿之半抽象造形，係由蓮蓬中伸出，復又一腳陷入下方蓮蓬洞口中，彷彿自己不易脫身。兩幅皆有版畫與壓克力媒材形成的視覺性與觸覺性質感之對比；其在木板、紙凹版畫、壓克力顏料之綜合運用上頗為靈活，且呈現特殊效果，有些應是預期與規劃性的，而有些則看似偶然與隨機性的，作者能善用這些視覺效果，且與自己的創意想像結合，或與深層思緒互動，而發展出獨特與奇妙的視境（vision）。

作品內容似乎綜合了意識與潛意識素材，作者於創作理念中自述這些變形的乾枯蓮蓬是在表現慾望，膨脹扭曲的密集洞口有如無底洞般的傷心記憶，使內心充斥著害怕被拋棄的不安全感，因此費盡心思地想掌握身邊的人事物。筆者認為此種慾望並非只是一般所言之欲望，而可能涉及對自我存在或自我認同之生命根源議題，關於此種不安感，可參照 Lacan 所言之「匱乏（Lack）」之概念加以引申而闡釋，亦即此「匱乏」實乃因遠離「真實界（the Real）」而產生某種欲望，此慾望實乃欲求與「真實界」聯合或回到「真實界」，因真實界與道之觀念有切近之處，故此亦可謂是希望自己與道合一，或找回真正的自己，亦即與道不二之自己，而此即需透過精神性智能（或存在性智能）方能處理的自我探索之議題。

綜言之，筆者讚嘆參賽者之優秀表現與創作精神，也感佩嘉義市政府文化局美術館行政人員之周詳籌辦與付出，以及義工們之辛勞協助；同時衷心期盼未來參賽者能在藝術之形式、內容、技法，尤其觀念上皆能務實學習與持續提升，展現真實的創造性。

黃奎竣《殞落》得獎感言

創作與情緒還有生活環境是息息相關的，在作品《殞落》中利用了負面情緒作為本次創作的主軸，世界上有許許多多不同的負面情緒在我們的生活周遭，負面情緒會受到當時的生活環境影響，而造就當時的文化，也包含藝術，像是 70 年代興起的龐克文化在反抗當時的資本主義，還有十九世紀受戰爭的負面情緒影響，而興起的達達主義，在本次的作品中也試圖將當代社會醞釀已久的情緒帶入到作品中。

在《殞落》這件作品上運用的是一種對社會體制不滿的負面情緒，近年來在台灣興起了「厭世」一詞，其原因來自於近十年來，經濟與物價指數的上漲，以及薪資的凍漲，導致年輕族群出現了工作薪水逐漸難以支撐生活開銷的現象，因此對未來沒有希望而感到厭世，而在這樣的時空背景之下，我將這個群族對生活絕望的壓抑情感，以具象繪畫的方式做出這樣一個幻想的景象。

畫圖是從小就有的興趣，正式開始學畫是在就讀高中的那個時期，還記得那個時候，每天除了去學校上課以外，放學後都會去畫室練畫，每次都賴到畫室要關門了才離開，這樣的日子一直持續到高中畢業。上了大學後脫離了習以為常的環境，也開始嘗試其他發展的可能性，比如自學一些自己以前較不常用的媒材，包含這次作品使用的媒材也是在那時摸索的，也在學校的課程中探索設計的相關技能，在設計的領域中也不斷讓我累積對創作思考的能力，大四時還去做了設計相關的正職，過程中發生了許多轉折，但在這期間還是有或多或少的持續畫著圖。

這次是第二次參加桃城美展徵件，第一次是在高中的時候，已經相隔五年左右，還記得當時繳交參賽的作品連初審都沒有通過，經過了幾年的沉澱後，才又重新開始創作，也很幸運的在第一個比賽就拿下了首獎，在此感謝所有給予過幫助的人，謝謝各位。

黃奎竣
殞落

162×120cm
壓克力
2021

本作品描繪的主題是人性的醜陋面，加入了科幻風格後讓原本敘事的事件，有更加強烈的戲劇性，作品敘事的內容是在社會體制中，上層的人總是打壓著下層的人，上層的人如同魔鬼一般的帶著輕視的神情望著下方，而下層的人以堆積的骷髏展現出對體制的絕望，王座象徵著權力，也展現出在權力之上與權力之下的兩個不同生態，刻在王座上的天秤與劍代表著公平正義，與王座和王座上的人一樣陷入了魔化，王座下方的根蔓延著下層的骷髏，形容著這些下層的人們在社會中的重要性如同植物的根一樣，他們也是王座的基底，沒有他們的話這個世界就不完整，而他們卻永遠在底層被打壓著。

鄭羽函《慾望系列》得獎感言

藝術創作對於我而言，是生命中無可取代的事。

本次參加桃城美展很幸運能獲得西畫類首獎的殊榮，個人感到十分驚喜與感動。首先，我要感謝我的媽媽，從小對於我的選擇與決定總是無條件支持，自小學一年級接觸美術課程開始，只要我遇到任何的困難，總是默默地在身旁鼓勵著我，這種無所求的支持成為我在藝術創作上很大的動力；另外，還要感謝在藝術創作的過程中，所有啟發與提攜我的師長們，在此特別感謝楊紋瑜老師，在平時作品遇到困難或瓶頸時，也總是不厭其煩地細心指導我。

本次獲獎的慾望系列是我第一次以紙凹版畫結合繪畫的創作，在製版、印版、實驗的過程中，不經讓我回想起高中時做的第一件全開壓克力版畫，術科課與夜間留校的時間，我都獨自待在充滿油墨味的版畫教室印版，不斷的失敗並且修正，一直到了第十張才成功達到理想的效果，卻因為裱貼不平整而宣告失敗，雖然那時難過的大哭一場，但因為迫切的想看見成品，隔天就立馬打起精神繼續印版，在那天終於成功印製與裱貼完成我的第一件版畫作品，到現在都還記得那份感動與成就感。

進入大學之後，透過上課學習與老師研討的過程中，我開始嘗試運用不同媒材來進行多樣化的創作。在大三時，我意識到相較於其他媒材，版畫創作讓我更有成就感，在滾墨、印版重複勞動的過程中，在凹、凸版畫上以油墨堆疊、拼湊的方式探索生命經驗，並回應自己內心所關注的議題。

即將邁入大四的階段，回想起在大學這段時間的成長，現在對於藝術創作的想法及視野較過往更為多元，也更懂得運用屬於個人獨特的樣貌，掌握想表達的內容，並與之對話。在藝術創作的路途上，我要求自己逐步踏實，聆聽自我內心的聲音，並保持對於藝術的熱愛。期望自己未來能透過作品與觀者有更深入的對話，並引起共鳴，使個人創作內容具有更豐富的意涵及深度。

最後，感謝評審老師們對此系列作品的青睞與肯定，也要感謝主辦單位嘉義市政府文化局，讓我這位初試啼聲的創作者能有展現自己作品的機會。

鄭羽函　**慾望系列**

109×79cm×2　紙凹版畫、壓克力　2021

我透過自身生活的經驗，作為創作的靈感，從過往不堪記憶中的傷痛找到隙縫，進入內心深處的庇護所，
回憶那些在親密關係中的矛盾，意識自我的內心慾望，經由創作來正視心理問題所在，並進行反思。
此系列作品是以自我出發來探討「控制慾」，媒材以紙凹版畫結合平面繪畫來呈現，以變形的乾枯蓮蓬
作為人內在慾望的意象，作品畫面中的蓮房呈現膨脹扭曲的密集洞口，有如無底洞般的傷心記憶，使作
者內心充斥著害怕被拋棄的不安全感，因此費盡心思的想掌握身邊的人事物。

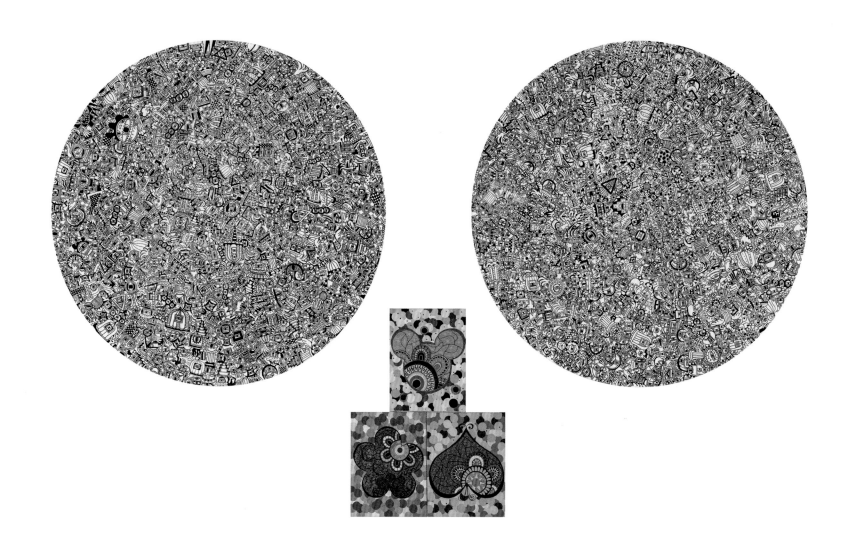

陳怡如　**眼睛計畫**

110×110cm×2、35×27cm×3　奇異筆、壓克力　2020

由於成長背景原因，為了配合能快速進入創作而使用的奇異筆、油漆筆跟壓克力顏料。
作品中不斷反覆出現「眼睛」的符號，用著任何形式的出現，圓形、尖長形或是卡漫形，
這些眼睛出現在有圖形上，有正方形、三角形、箭頭、月亮、鳥籠等，無處不在。所畫「眼
睛」位子一直都是「正」的，因為作者早年一直被斜視所苦，希望藉著繪畫戰勝自己。

熊 妤　奇珍異獸新樂園

72.5×100cm　壓克力　2020

"一切超出自然過程的事物"，我迷戀四千五百萬年前的原始壁畫，相信曾經存在的物種是無與倫比的與人類相呼應，和諧是萬物生存之道的真理，我們可以選擇冷漠或真心探索自然界，進而了解我們生命中的全新觀點。一切也由好奇使然開啟了奇異想像，這裡匯集了飛禽走獸、奇珍異寶、動力機械、不老泉、山海景觀，象徵投射了神話、傳說、啟示與對未知的想像，旨意創造全世界都存在某種和諧，因為奇蹟有時候超出預期，神奇的自然力量值得慶祝。

我擅長創新繁複的背景來彰顯或隱喻主題，挪用水墨工筆細膩流動線條，層層疊疊暈染技法，注入丙酸烯與麻布間的生命與情緒，藉由原始藝術的精髓融合新表現主義之風格創新當代視覺藝術新視象。

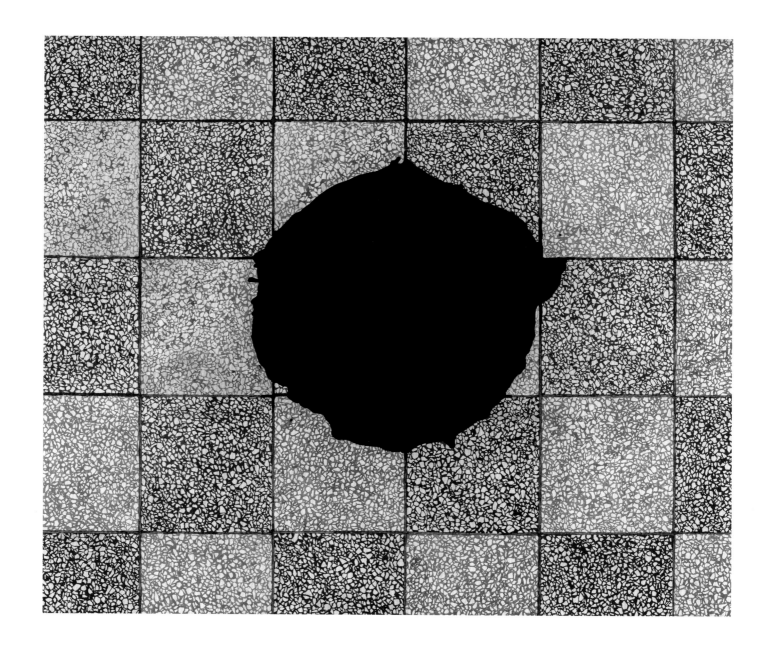

廖柏儒　反思

130×162cm　油彩、漆　2020

在疫情當下只能與人保持距離，但也給了我們人彼此更多的空間。多了更多的個人空間，也多了反思自己的
時間，透過畫面看到自己，思考一下對於後疫情未來的想像。
未來的世界是怎麼樣？未來的自己可以變成怎樣？
經由反光看見自己的模糊樣子，來思考自己可以是甚麼樣的型態或是甚麼樣的狀態，比較適合現在的世界。

黃上育　**幽玄之間**

130×162cm　油彩　2020

這是我對 2020 這一年的遭遇所感受到的狀態，這種不可言喻的情緒，透過畫面讓我可以表達的更加明確。

李惠琪
佗寂

97×72cm
鉛筆、色鉛筆、石頭紙
2021

以最基本的西方媒材與實
物素描人髮為創作的出發
點,但以東方的文化思維
及表現手法創作;收集由
理容院的消費者所剪下的
各色長短髮絲,在清潔整
理中,依所觀察到的髮絲
參差堆疊的現象與大自然
環境的對照而產生的聯
想。以禪定且單純的心
態,鉅細靡遺的描繪人髮
複雜的物性肌理,由繪畫
行為衍繹出此一作品。

葉竹修
殖

120×81.5cm
壓克力、油彩、鋁板
2021

「殖」字，有一種兇悍強加的氣氛，如被種族文化的殖民悲劇。但是「殖」字也有良善的解釋，是「繁殖」、「生殖」繁衍的意思。
畫面中枯樹矗立在孤立看似無養分的山頭，向天際增長，看似錯置，但也努力生長一葉菩提，如同種族文化信仰，雖被強制殖入，但也會努力自我保護繁衍及先殖。

李貞潔　微生物

117×108cm　複合媒材　2020

在我的世界裡，一直都是有點孤獨、有點寧靜。
我在這裡像是第三者，關在安全的世界裡，看著、觀察外界的一切，外面的世界。
而我被它們影響著，我的世界漸漸地被墨給流淌著並融合，有白、有灰、有黑再加上一點顏色，不是那麼強烈，也
非是不好；則是平淡平靜的，有如同我們生活、呼吸的每一刻，入侵著那些細小又看不見的微生物與世界的構圖。
我感受著這些，看著一切卻又割捨不了；每片切割、分塊，皆是來自我去過的每塊角落、地點與去向記錄的片段，
都成為我的一部分。
自己與外界交疊結合，在我的視角裡，一切都是既平靜又些許哀傷。

邱巧妮　一簾幽夢隨風

108×108cm　水彩　2021

漆黑夜裡，孤獨背脊裝飾了燈塔，在熠熠星光的海市蜃樓裡，一覽無遺。
歲月漣漪，抓不住逝去的光陰，留不住曾經的美好，讓一切都隨風。

吳貞霖
回到文明 II

116.5×91cm
油彩
2020

共有的流動，同時的呼
吸，一切處在相同的情
感之中。
有機體與它的每個部位，
為同一個目的協同工作。
偉大的原則延伸到最邊
際，從最邊際又回到偉
大原則，回到單一的本
質，包含生命與無生命。
牽引、毀滅、擾動，心
靈與物質的意識聯繫，
深刻且幽微的轉化旅程。

瞿瑞華　幸福的大笨鐘

72.5×91cm　壓克力　2020

在疫情嚴峻的這一年，特別懷念跟老公去歐洲旅遊的日子，想起那次英國遊玩的日子，老公是
個特沒情調的人，像遠處的大笨鐘，但工程師出身的他，卻是我的靠山，走過人生一甲子，幸
福的時光總圍繞著我，我用黃色代表了快活與幸福，跳躍於畫中，也充滿著我的人生中。

陳靜馨
魚缸裡有魚
仁漁悠遊
花與爭其豔

69×130cm
壓克力、無酸樹脂
2021

它是一種因構圖而自然形成的不矯
情的畫作，也是一種抽象的美感，
也思考如何讓它在寫實間，為彼此，
帶出自我想表現的概念。

於是運用壓克力及樹脂，調合配色
及特殊技法做出自己畫面上的深淺
感，讓畫面的底色有推、拉、暈染
堆疊而做出「花卉」型態之感，再
加入艷紅鬥魚悠遊的流暢感的寫實
形態，讓畫面生動且流暢外，又多
了顏色對比強烈，但渾然天成的感
受。

「魚缸裡有魚 仁漁悠遊 花與爭其
艷」命名，是想表達繪畫世界裡不
失童心視角，三個鬥魚還是想互相
叫勁之感，希望新媒材的結合，能
獲得評審們的青睞。

陳泓元　早晨的套房 V

98×180cm　油彩、蠟筆　2021

房間是每一個人的小天地，隨著時間的推移，房間內的東西有時增加、有時丟棄、有時遺忘，但通常更多的是捨不得，因而越積越多東西也顯得有些凌亂，就像即將面對任何未知的事，雖然累積了些或許類似的經歷，還是有那麼一些浮動不安的心情吧。

張鈴木
夜思的對話

91×65cm
油彩
2020

夏天的夜晚,除了窗外的蟲
鳴鳥叫,萬物都在熱鬧的談
論著今天所發生的事,外套
説,主人帶我去風光了一
天;藍襯衫説,主人今天帶
我去簽下很多合約,真是幸
運的一天;窗簾説,今晚的
夜色好美;插座説,我最乖
在家看家;小龍蝦説,我來
自大海,見多識廣;我説,
在這平靜的夜晚,我一點都
不寂寞。

洪俊銘　美麗與永恆

89×130cm　油彩　2021

人類自古以來追求著金銀財寶，然後永不見天日的收藏起來，每天提心吊膽，擔心害怕被人奪去，那這種美也與糞土沒有兩樣，他們早已忘了大自然帶給我們的寶藏，生命的美是無窮無盡的，永遠都讓我們讚嘆感動。

李映嬅
**紅絲線之
迷霧後的荊棘**

71×61cm
版畫、綿紙撕貼
2021

當女人墜入愛河並開始新的一
段親密關係,這關係的早期階
段,像是在迷霧中遊盪,充滿
了樂趣隨時身處於微醺的感
覺,這時候的女性還能夠做自
己,任何的摩擦及各種可能性
階段的挑戰,都能夠以較包容
的心態去看待,並覺得自己能
夠掌握,我們將這段關係稱之
為「蜜月期」。
但當迷霧散去,女性往往發現
真實的婚姻生活並不是像自己
所想的如此美好,多重角色的
混淆、衝突及負荷量,都讓女
性不自覺在婚姻中產生了大量
的自我壓迫感,對婚姻生活開
始徬徨、不安、衝突、暴躁等
負面情緒產生,進而讓婚姻和
諧關係充滿荊棘。

張晉霖　歲月‧生命的過程

72×95cm　枯枝筆、水彩　2021

歲月靜好，人生幾經風霜，如同自然中的四季，更迭輪轉。一片葉子、一個風景，沒有一模一樣的景與物，從形狀與色彩皆有所差異，如同不一樣的每一個人，從殊異的外在至際遇，展現每個生命都可以有它獨特的意義。世間因緣散聚，彼此相遇的競合，可以是對手，也能是朋友。當落紅化作春泥，滋養出新的延續，正是生命不朽的祕密。
歲月悠悠，沈靜與放鬆，如同靜躺在畫面的片片落葉，是心靈追求的最美境界，生之奧秘；透過奉獻實現對自我的超越。

陳維嘉　漁港

80×100cm　油彩　2021

那天下午，我漫步在港區，享受著海風迎面而來的悠閒。我向遠方看去，有幾條船隻停在海邊，近處則是三艘剛靠岸不久的漁船。漁船有些斑駁、生鏽，看起來歷經不少歲月。隨著海浪起伏，他們輕輕擺動，似乎不久後要再次出海。我望著這樣的情景，內心有些感觸，漁民每次的出航，都將是一趟艱難的旅程。

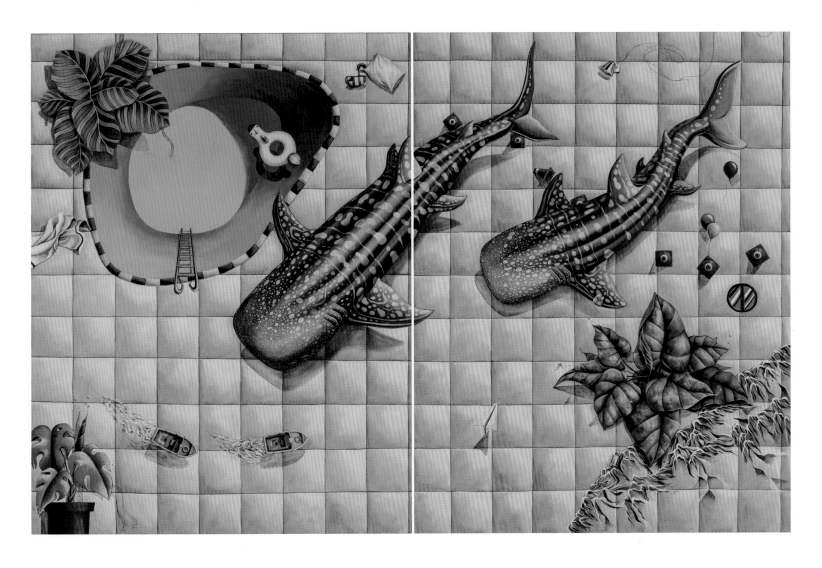

陳彥伯　趨光 20 —白日夢行者

117×91cm×2　壓克力　2020

「趨光性在生物學中是一種有趣的生物行為，擁有趨光性的生物中，擁有正趨光性的會靠近光源，而有負趨光性的會躲避光線的刺激。這樣對於植物等自養生物來說十分重要。」-- 維基百科，趨性頁面
因為生物的天性使然會往有光的方向前進，對我來說這是一種往正面前進的想法。我開始這一系列的創作，讓每一件作品都像是日記一樣記錄我的生活，而「往光的方向前進」是我賦予作品裡面的植物或是動物的趨光性。在某個看似合理、熟悉的空間中往光的方向前進著，但是其中卻暗藏著我對於每一個生活事件的想像與期待。也許「往光的方向前進」並且走到光的那邊可以遇見什麼有趣的事情正在等著我吧？
而白日夢行者這件作品，是在某個下午我正做著白日夢，神遊到了遠方。幻想著自己化身成海中的巨無霸─鯨鯊，慵懶的悠遊在一個讓人昏昏欲睡的夏日午後，眼前飄浮著的大小事都好像跟我沒有關係一樣。

呂宗憲　**邊界游移**

120×160cm　水性媒材、打底劑　2020

筆者想藉由平面繪畫的方式提出反思，探討「符號」與「自身」的連結，建立在日常的生活場景下，暗藍色的色調源自於影子的色彩，只有被光線照亮的地方才看得清楚，其餘的視線都在一片未知和虛無當中，日常場域中存在的交通符號，是盲目生活中的一種依歸，只要去遵從它們的指引便可以繼續前行，生活也是如此，在看不見的力量下我們被迫活出社會價值觀想要你成為的樣子，不知不覺中變的不像自己，不知道自己想要去的地方，我們都是在自我個體與社會價值間拉扯與游移的人，想要回到一個自己的歸處，卻時常迷失在邊界上。

蔡季庭
牢

109×79cm
代針筆、鉛筆
2019

以低頭族為此次作品源頭，手機成癮，像把自己關在牢裡般，有如籠中鳥，而這裡的小鳥看著他，想要勸勸他，小鳥隱喻勸他的人，牢裡的鳥也是籠中鳥的意思，籠中鳥嚮往自由卻沒有自由，而女孩是擁有自由卻把自己變為不自由，把自己變成整天關在牢裡的囚鳥，女孩的眼睛閉著且耳朵罩著，是要隱喻因為科技的冷漠，無論誰勸說，都說不動也看不到外面的世界，只專注於手機，而因為玩手機可能導致視力受損，以至不再能睜開眼看看世界萬物的奧秘，而「牢」也有諧音「勞」的意思。

謝志康
過去收藏

145.5×97cm
油彩
2020

畫布當成我的收集櫃，所有
我喜愛的東西都收藏在畫
布裡。我喜歡老舊建築，徘
徊無數老舊小巷，收集它們
成為我的創作素材。我喜歡
西方文化同時也喜歡東方
文化。所以我決定用以上素
材創作一系列作品，以西式
老舊房子和東方山水畫做
一個結合，創造出我想像裡
的場景，呈現出是真實景象
同時又非真實的景象。

鄭君朋　橫向電子佐證

45.5×214cm　壓克力、礦物灰泥　2020

作品以溼壁畫的方式，使用灰泥堆疊繪製。古物追尋的動力來源，是人們下意識為了跳
脫當下的價值體系，追求一種超脫功能與價值正比關係存在，純然體制外邊緣物的欲求。
以灰泥與顏料，將虛擬遊戲環境從電子螢幕中釋出，重新建築於壁面，企圖將遊戲中的
電子信號實體化。擬制出具有肇始象徵的石板，將沈迷的電子遊戲畫面附上手工留痕的
真確性佐證，確保能在虛度的光陰中獲得真確性而免除罪責。

胡國智　**最遠的距離**

91×116cm×2　壓克力　2020

最遠的距離就近在咫尺你卻不知道我的述說，喃喃自語的我只能透過你的模式與你交流。
炙烈的心亦只能迴盪在迷惘的空氣中，遊魂似的飄啊飄，只因你真的感受不到我。

黃婕菱　光怪陸離

79×109cm　水彩　2021

午後陽光渲染大地，溫暖光線輕輕拍打著我的臉，抬頭遙望著前方景緻，忽然間幻化成光怪陸離的世界，綠葉綻
放、樹枝穿梭、條紋怪物探頭望出，空間轉化格子狀拼接成眼前的畫面，金魚游蕩在金魚草中像是水族箱似的。
輕巧的走在樓梯間，看著漂浮在空中的風箏隨風搖曳，像是展翅的鷹鷲。往樹洞鑽緩慢且又不安的向著光往盡頭
走去，輕輕的走著觸摸這看似幻影，光顯現，人已走遠，眼再睜開，才發現一切都是夢啊！

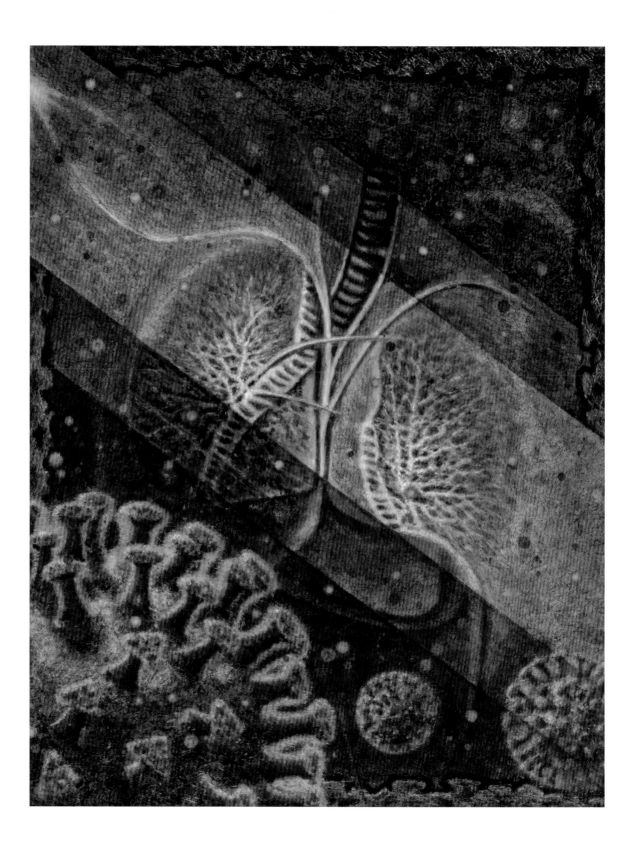

張水鍊
世紀大病毒

91×72.5cm
油彩
2021

新冠病毒自 2019 年
12 月開始，既造成全
世界恐慌與死亡，堪
稱是世紀大病毒，這
次的疫情，對人類來
說無疑是一大考驗，
面對這場突如其來的
災難，也再次提醒我
們，要如何善待大自
然與生物和平共處。

余婉莉　沉默的記憶

100×162cm　油彩、樹脂　2019

記憶的畫面沈沒在回憶中，彷彿什麼事也沒發生過，
停置在某處空間等待大能翅膀來救贖。

鄭國勇　花非花　花似花

91×65cm×3　油彩、壓克力、漆筆　2020

本我淺藏對美的事物的好奇，偶爾會欣賞如似花般的美女，不由自主地會多看兩眼，關注女性散發出的
內在自信、神韻、身材曲線，幻化出的氣質美。

但是很多美女，如《愛蓮說》可遠觀不可褻玩焉，留點空間品味美哉，生命中曾幾何時，希望能出現紅
粉知己，可惜如曇花一現，是曾經的短暫，將這樣的感受，轉化在創作上，用油畫寫實，結合灰黑白的
背景花草，來連結串場3連幅的關係，3位姿態不同的女性，似乎在較勁爭艷，用裝飾圖案表現心花怒
放的溫情，和冷艷的內在，是對女性的喜好與致敬，轉化內在對「花非花 花似花」的感受呈現。

施麗双
青春悟旅

110×54cm
水彩
2020

畫面上、下光影背離，為何取這樣
上彩呢？
歷練一甲子的歲月，數不盡的奔波
滄桑，體悟出世事本無常。
有時候不按循規卻反而得應了解眨
一隻眼閉一隻眼的包容德澤，更了
解不需所有人、事、物一定要求完
美，留一隻眼看自己很重要哦！

黃水順
懷舊情懷

116.5×72.5cm
油彩
2021

懷舊情濃
念舊情懷

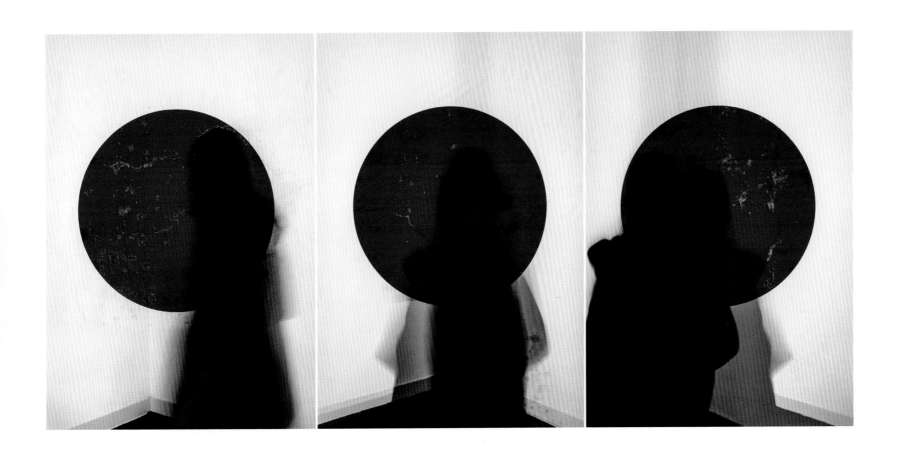

莊淑芬　**觀自・在**

58×41cm×3　複合媒材　2021

圓是人生、是時間、是歲月的痕跡，是一面鏡子。
歲月悠悠，過去現在未來，暫時抽離當下空間維度，拋下真實人生身份、角色、責任……走進靠近自己，
感知自我的內在世界，瞬間的璀璨，曾經的裂痕，在生命脈絡裡的那些悲傷、歡愉、空洞、焦慮、夢想、
渴望，所有的流露映照，靜默凝視，誠實以對，也許可以看見最真實的自己，無法觸摸卻如此清晰。

附 錄

歷屆收件統計表（自第 7 屆起）

第 7 屆起，開放全國徵件，每年輪流徵展 2 大類，西元單年徵件書畫、西畫類，雙年徵件雕塑、攝影類。

2021 年，本（25）屆徵件為書畫、西畫類

屆　數	年度	初審收件數		複審件數	獎　項	備　註
第7屆	2003年	254	書畫類121件 西畫類133件		玉山獎1人、丁奇獎1人 澄波獎1人、梅嶺獎1人 優選6人、入選49人	
第9屆	2005年	223	書畫類117件 西畫類106件		玉山獎1人、丁奇獎1人 澄波獎1人、梅嶺獎1人 優選6人、入選59人	
第11屆	2007年	337	書畫類157件 西畫類180件		玉山獎1人、丁奇獎1人 澄波獎1人、梅嶺獎1人 優選6人、入選74人	
第13屆	2009年	358	書畫類148件 西畫類210件		玉山獎1人、丁奇獎1人 澄波獎1人、梅嶺獎1人 優選6人、入選71人	
第15屆	2011年	385	書畫類154件 西畫類231件	99	玉山獎1人、丁奇獎1人 澄波獎1人、梅嶺獎1人 優選6人、入選89人	自本屆起分2階段審查 第1階段-審照片 第2階段-初審通過原作
第17屆	2013年	408	書畫類171件 西畫類237件	107	玉山獎1人、丁奇獎1人 澄波獎1人、梅嶺獎1人 第二名2人、第三名2人 優選4人、入選95人	自16屆起獎項調整： 各類增設第二名、 第三名各1名， 各類優選原為3名調整為2名
第19屆	2015年	466	書畫類197件 西畫類269件	87	玉山獎1人、丁奇獎1人 澄波獎1人、梅嶺獎1人 第二名2人、第三名2人 優選4人、入選75人	
第21屆	2017年	433	書畫類162件 西畫類271件	86	玉山獎1人、丁奇獎1人 澄波獎1人、梅嶺獎1人 第二名2人、第三名2人 優選4人、入選74人	
第23屆	2019年	426	書畫類159件 西畫類267件	94	玉山獎1人、丁奇獎1人 澄波獎1人、梅嶺獎1人 優選10人、入選80人	
第25屆	2021年	238	書畫類94件 西畫類144件	63	玉山獎1人、丁奇獎1人 澄波獎1人、梅嶺獎1人 優選10人、入選49人	

第25屆桃城美術展覽會徵件簡章

一、活動目的　（一）鼓勵藝術創作風氣，推動全民美育。　（二）提升藝術創作水準，促進文化交流。

二、辦理單位　（一）主辦單位：嘉義市政府、嘉義市政府文化局　（二）承辦單位：嘉義市立美術館（以下簡稱本館）

三、參賽資格

（一）年滿17歲具中華民國國籍或居住於中華民國（持有居留證）之藝術創作者。

（二）參賽作品須為個人近兩年內之獨立創作（限為2019年（含）以後之創作），得跨類參賽，但每類限送1件。

（三）如有下列情事之一者，本館得逕取消獲獎資格，且3年內不得再參賽本項活動（如經檢舉、評審確認、即取消參賽資格，不予遞補名次）。

　　1.抄襲他人作品經查證屬實。　　　　　　　　　　　　4.不願接受本館安排之展出或放棄得獎獎項者。

　　2.違反著作權法或其他法律相關規定者。　　　　　　5.其他違反簡章情節重大者。

　　3.曾於公開徵件美展比賽獲獎之作品（含參考作品）不得參賽。

四、參賽類別、規格及主題

（A）書畫類	＊水墨、膠彩、書法、篆刻等書畫類素材 初審：繳交8×10吋或8×12吋作品全貌照片一張（系列或聯幅作品需並置拍攝）。 　　　另附細部圖2張（尺寸請參考全貌照片），每件作品共需繳交3張照片。 複審：繳交初審入選原件作品一律裝裱完整，連框裝裱或捲軸完成後，總高度不得超過240公分、總寬度不得超過350公分。若為裝框作品，背面請加裱木板。（玻璃裝裱一律不收）。	徵件主題 不限
（B）西畫類	＊油畫、壓克力、水彩、粉彩、版畫、綜合媒材 初審：繳交8×10吋或8×12吋作品全貌照片一張（系列或聯幅作品亦需並置拍攝）。 　　　另附細部圖2張（尺寸請參考全貌照片），每件作品共需繳交3張照片。 複審：繳交初審入選原件作品一律裝裱完整，連框裝裱或捲軸完成後，總高度不得超過240公分、總寬度不得超過350公分。若為裝框作品，背面請加裱木板。（玻璃裝裱一律不收）。	徵件主題 不限

　　＊參賽者應自行注意作品尺寸規定，經查不符規定者，將拒收或予以退件。

　　＊以玻璃裝裱拒收。

五、參賽方式及收件時間（分初審、複審兩階段）

（一）初審

1.收件時間：110年1月29日(五)至3月2日(二)止，以寄件日郵戳紀錄為憑（請務必掛號寄送）。

2.請將附表二黏貼於照片背面右上角。

3.初審依據照片評審，務請清晰，宜洽請專業人員拍攝。

4.請參賽者檢附【1.送件表(一)、2.送件表(二)含送審照片3張、3.初審結果通知單(貼15元郵票)】三項資料，以附表一黏貼於信封上寄至：『600嘉義市忠孝路275號，嘉義市立美術館許小姐收』（需以掛號信件寄送）

（二）複審

1.收件時間：110年5月11日(二)至5月16日(日)AM9:00至PM16:30，以本館實際收件日為憑，逾時一律不受理。

2.通過初審者，由本館通知參賽者檢送作品原件（送達60081嘉義市忠孝路275號），書畫類請送至文化藝廊（文化局4樓展覽室）05-2788225轉707；西畫類請送至文化藝廊（文化局3樓展覽室）05-2788225轉706。

3.請將附表三黏貼於每件作品背面右上角。

4.參賽作品未達複審評審標準時，經該類評審決議得予列為未入選，作品將另行退回。

　收退件注意事項

　　1.初、複審：請依簡章第四點及第五點規定辦理。

　　2.初審送件，概不退件，請自留備份。

　　3.複審階段送審作品，請親自送件或委託代理人送件，若採郵寄或貨運送件，請自行妥善安全包裝，平面作品以瓦楞紙箱、立體作品以木箱或錦盒包裝，運送過程遭致損失，由作者自行負擔。

　　4.退件：參展者若無法於退件期間，配合主辦單位完成作品退件者，由主辦單位保管至110年10月3日期間自行領回，逾110年10月3日仍未領取者，本館不負保管之責並逕行處理，作者不得異議。

六、實施期程　徵件簡章公告期間：109.12～110.1（www.cabcy.gov.tw）

	時 間	地 點
初審收件	110年1月29日(五)至3月2日(二)	文化藝廊（文化局3樓展覽室）
初審評選	約3月中旬	
複審原件收件	110年5月11日(二)至5月16日(日) 09:00-16:30	文化藝廊（文化局3、4樓展覽室）
複審評選	約5月下旬	
首展時間	110年8月11日(三)至9月5日(日)	文化藝廊（文化局3、4樓展覽室）
頒獎典禮	110年10月9日(六)文化局1樓演講廳	
作品退件	110年9月8日(三)至9月11日(六)09:00-16:30	文化藝廊（文化局3、4樓展覽室）

　　　註：作業時間如有更動，以主辦單位通知為準。

七、評審辦法　（一）由本館聘請學者、專家擔任評審委員進行評審。　（二）初審分2類評選，各類選出若干名進入複審。
　　　　　　　（三）複審每類錄取首獎2名(書畫類為玉山獎及丁奇獎，西畫類為澄波獎及梅嶺獎)、優選5名及入選若干名。

八、獎勵　作品未達水準，獎項得以從缺

書畫類

玉山獎 ▶ 1名	獎金15萬、獎狀、美展專輯	獎金皆包含所得稅
丁奇獎 ▶ 1名		
優選 ▶ 5名	獎金2萬、獎狀、美展專輯	同上
入選 ▶ 若干	獎狀、美展專輯	

西畫類

澄波獎 ▶ 1名	獎金15萬、獎狀、美展專輯	獎金皆包含所得稅
梅嶺獎 ▶ 1名		
優選 ▶ 5名	獎金2萬、獎狀、美展專輯	同上
入選 ▶ 若干	獎狀、美展專輯	

九、權責：（一）五年內曾2次於本展獲同一類首獎者，為桃城美展免審作家。
　　　　　（二）獲丁奇獎、玉山獎、澄波獎、梅嶺獎，作品由本館永久典藏，作品所有權及著作財產權歸本館所有。
　　　　　（三）入選以上（含入選）作品著作財產權授權主辦單位，不受時間、地域、次數及方式之限制，包括：公開展示權、重製權、編輯權、改作權、
　　　　　　　　散布權、公開上映權、公開口述權、公開演出權、公開傳輸權、公開播送權，相關文宣品及衍生品發行及販售，作者並應承諾不對主辦單位
　　　　　　　　行使著作人格權。
　　　　　（四）參賽作品獲獎後始發現參賽資格不符者，本館將取消其獲獎資格並收回獎勵(獎金、獎座、獎牌、獎狀等)，如因而造成對第三人之損害，該
　　　　　　　　作者應自負全部損害賠償之責任。
　　　　　（五）入選以上(含入選)作者同意展覽現場開放民眾於無腳架、無閃光燈下攝影。
　　　　　（六）作品保險：有關出險責任依保險單所載條款為準。
　　　　　　　　1.保險時間：複審作品收件日至退件截止日止。
　　　　　　　　(1)複審評審前：每件作品一律以新台幣6萬元為送件之原件作品保額(最高賠償金額)。
　　　　　　　　(2)複審評審後：第一名每件作品保額新台幣15萬元，優選及入選作品保額每件保額6萬元，作品出險時以投保金額為理賠上限，作者不得異議。
　　　　　　　　2.主辦單位對展出作品負保管之責，惟遇人力不可抗拒情事而遭致損壞時，不負賠償之責。
　　　　　（七）得獎者，主辦單位有權要求出席展覽等相關活動。

十、其他：（一）本簡章所列獎金，俟嘉義市議會審查後執行。
　　　　　（二）審查結果均公告於文化局網站首頁/最新消息項下，本館另函通知參賽者。
　　　　　（三）所有報名表件均為本簡章之一部。
　　　　　（四）本簡章規定文字之解釋，以嘉義市立美術館為準。
　　　　　（五）本簡章如有未盡事宜，得隨時補充修正公布之。
　　　　　（六）作者對本展覽之審查，作品陳列及專輯編印方式不得異議。
　　　　　（七）本館得視各場地狀況保留布展彈性。
　　　　　（八）作品展出有安全顧慮者，主辦單位得要求作者親自到場協助布展，或不予展出。

十一、比賽資訊　（一）比賽簡章下載：嘉義市政府文化局網頁—特色藝文/桃城美展/徵件訊息（www.cabcy.gov.tw/web）
　　　　　　　　（二）洽詢電話：05-2788225分機703嘉義市立美術館/展覽教育組　Email:cab703@ems.chiayi.gov.tw

十二、送件時間及地點　（一）初審　1.時間：110年1月29日(五)至3月2日(二)
　　　　　　　　　　　　　　　　　2.地點：嘉義市忠孝路275號(嘉義市立美術館/文化局3樓展覽室/ 05-2788225轉703、706)
　　　　　　　　　　　（二）複審　1.時間：110年5月11日(二)至5月16日(日)
　　　　　　　　　　　　　　　　　2.地點：嘉義市忠孝路275號（書畫類送至文化藝廊-文化局4樓展覽室/05-2788225-707）
　　　　　　　　　　　　　　　　　　　　　（西畫類送至文化藝廊-文化局3樓展覽室/05-2788225-706）

國家圖書館出版品預行編目(CIP)資料

桃城美展. 第25屆 = The Art Exhibition
of Chiayi City/李兆隆, 許琇惠執行編輯.
-- 嘉義市：嘉義市立美術館, 民110.09
96面；26X25公分
ISBN 978-986-5424-91-6(平裝)
1.美術　2.作品集
902.33　　　　　　　　110015891

桃城美展

第25屆

指導單位　嘉義市政府
市　　長　黃敏惠
主辦單位　嘉義市政府文化局
局　　長　盧怡君
發行單位　嘉義市立美術館
館　　長　賴依欣
執行編輯　李兆隆、許琇惠
地　　址　嘉義市忠孝路275號
電　　話　05-2788225
出版日期　110年9月
出版冊數　300冊
定　　價　新臺幣300元

撰　　稿　劉豐榮、李振明、林進忠
印　　刷　宏國群業股份有限公司
攝　　影　刺點專業攝影、各評審委員提供
主 視 覺　晁晁文創設計工作室
美術編輯　一登視覺廣告設計
I S B N　978-986-5424-91-6
G P N　1011001410